AF504770

Nicolette et Aucassin

G. Foucher

Nicolette et

Aucassin

Chantefable

A Michel, mon professeur et mon ami

Prologue

Le conteur :

A-t-on déjà conté à vos oreilles distraites,

La terrible histoire d'Aucassin et Nicolette ?

Comment tous deux vécurent, et comment ils

s'aimèrent ?

Par-delà les remparts, les douves et les mers,

En dépit des loups, des comtes, des sorcières,

Contre les forces obscures qui régissent le monde,

Les intrigantes pantalonnades des grands,

Leur amour si puissant brille au firmament

Des hymens dont j'aime à peupler ma faconde.

Ecoutez gentes dames, et vous, tendres messieurs,

Ce que peuvent deux cœurs purs quand ils sont

amoureux.

Pleurez sur leurs périls et riez de leurs joies !

Souriez à loisir des instincts aux abois,

De ces deux tourtereaux alanguis par l'espoir

Inébranlable et féroce d'un jour s'embrasser,

De goûter aux plaisirs d'une sauvage étreinte,

Dans la cale d'un navire ou au creux d'un fossé,

D'abandonner dans l'herbe et parmi les jacinthes,

Toutes ces heures lestées d'une pesante sève,

Qui, de leur tendre enfance jusqu'à leur puberté,

Les guidaient pas à pas vers les douces contrées,

Avant eux visitées par Adam et son Eve.

Ne vous offusquez pas, vous, foules débonnaires,

Nonobstant la licence de ces verbes touffus,

D'un discours n'ayant place au fond des baptistaires,

Mais dont chacun nous sommes, j'en suis sûr, à l'affût !

Exonérez vos chausses d'un piétinement malsain :

Posez séant pour Nicolette et Aucassin !

Acte I, Scène I
(Le conteur, Garin de Beaucaire, Aucassin)

Le conteur :

Voyez d'abord cet homme, visez son air chafouin,

C'est le Comte de Beaucaire, il fut nommé Garin.

Puissant guerrier jadis, dans sa prime jeunesse,

Sa superbe d'antan n'est ores que faiblesse.

Vicié jusqu'à l'âme par des humeurs malsaines,

Il complote, il blêmit, et ressasse sa haine,

N'offrant plus à ses gens que le spectacle austère,

D'un tyran, ombrageux et valétudinaire

Tandis qu'à ses portes, le comte de Valence,

Son impétueux voisin, ravage ses défenses !

Garin de Beaucaire :

Ô rage ! Ô désespoir ! Ô vieillesse ennemie !

N'ai-je donc tant vécu que pour cette infamie ?

Et ne suis-je blanchi dans les travaux guerriers

Que pour voir en ces jours flétrir tant de lauriers ?

Mon bras, qu'avec respect la Picardie admire,

Mon bras, qui tant de fois a sauvé cet empire,

Tant de fois affermi mon trône à MOI,

Trahit donc ma querelle contre cet albigeois.

Ce Bougard de Valence qui rogne sur mon fief !

Et ce fils languissant, apathique aux griefs,

Préférant les mots doux et les alexandrins,

A la témérité que requiert son destin !

Il ne reste que lui pour sauver le pays,

Mes derniers chevaliers gémissent leur agonie…

Le conteur :

Est-il besoin ici, public captivé,

De proclamer le nom de cette triste engeance,

Préférant une captive à sa haute ascendance ?

Aucassin, par malheur, est ce jeune entiché !

Par son père enfermé aux confins d'un cachot,

Pour l'arracher aux charmes de cette Nicolette,

Qui n'est rien pour le comte sinon une soubrette,

Il se voit convoqué faute de maréchaux !

Garin de Beaucaire :

Le voilà qui vient…

Aucassin ! As-tu du coeur ?

Aucassin :

Tout autre que mon père l'éprouverait sur l'heure !

Garin de Beaucaire :

Je reconnais mon sang à ce noble courroux ;

Ma jeunesse revit en cette ardeur si prompte.

Viens, mon fils, viens mon sang, viens réparer ma

honte ;

Et va faire rendre gorge à ce voisin jaloux !

Aucassin :

Il est je crois, mon père, comme un malentendu,

Mon cœur n'est pas à vous mais tout vers elle tendu !

« Tout autre que mon père l'éprouverait sur l'heure

! »,

Ne veut pas dire que je me fais votre écorcheur.

Couper des têtes dans un tumultueux tintamarre,

N'est point l'usage que je veux faire de mon

braquemart.

Le conteur :

Mais j'en vois, parmi vous, que ce vocable amuse…

La bienséance m'enjoint à consulter mes muses.

Car sans blasphème je m'y engage sur mon âme,

Le mot désigne une épée courte à large lame.

Garin de Beaucaire :

Et ce fer que mon bras ne peut plus soutenir,

Je le remets au tien pour venger et punir.

Va contre l'arrogant éprouver ton courage :

Ce n'est que dans le sang qu'on lave un tel outrage ;

Meurs ou tue. Au surplus, pour ne te point flatter,

Je te donne à combattre un homme à redouter :

Je l'ai vu, tout couvert de sang et de poussière,

Porter partout l'effroi dans une armée entière.

J'ai vu par sa valeur cent escadrons rompus !

Et des hordes enragées le porter aux nues !

Aucassin :

Mais vous savez mon père que cette jambe bien faite

Ne saurait devenir une cible d'arbalète :

Vous me connaissez couard, malhabile et douillet.

Jadis, sur les remparts, je chus du parapet,

Pour l'avoir vue passer avec ses cheveux d'anges…

Ma mauvaise réception me brisa six phalanges !

Son sourire, ses bontés m'arrachèrent à ma couche

Pour composer la nuit des odes à sa bouche.

Si vous saviez, mon père, ses dents sont des saphirs.

Non, plutôt des diamants, car seuls ses yeux sont

bleus !

Dedans mon cœur aimant, c'est son souffle que

j'expire,

Et mon poignet d'amour chante des vers

merveilleux…

Entendez le murmure de ses frêles liturgies,

Pareilles à la rosée elles tombent sur la nuit.

Avez-vous déjà frôlé sa peau de chamois ?

Avez-vous contemplé ses gestes si félins ?

Ses petits pieds mignons, ses mains et ses tétins,

Et goûté aux babines de son joli minois ?

Nicolette, mon aimée, ma tendre et douce amie,

Sa beauté sans pareille, abolit mes ennemis…

Garin de Beaucaire :

Fi ! Ne réplique point, je connais ton amour !

Mais qui peut vivre infâme est indigne du jour.

Plus l'offenseur est cher et plus grande est l'offense.

Enfin, tu sais l'affront, et tu tiens la vengeance :

Je ne te dis plus rien. Venge-moi, venge-toi ;

Montre toi digne fils d'un père tel que moi.

Accablé des malheurs où le destin me range,

Je vais les déplorer : va, cours, vole, et nous venge.

Aucassin :

Parbleu ! Je n'ai que faire des boucheries héroïques,

Je leur préfère mes songes de neurasthénique !

La pâleur diaphane de cette jeune mauresque,

Efface de mon cœur les élans barbaresques…

Le conteur :

Mais Garin de Beaucaire, est très dur en affaire,

C'est bien souvent le lot de qui possède château !

Par une ruse infâme, digne de Machiavel,

De cette âme ingénue il tira les ficelles…

Garin de Beaucaire :

Que dirais-tu mon fils si je t'autorisais,

A jouir auprès d'elle d'un repos mérité,

De celui qu'on accorde aux victorieux guerriers ?

Ne sais-tu pas enfant que le plus grand attrait,

Qui existe sur terre pour une femme aimante,

Est de bander… les plaies ? J'en ferai ton amante !

Aucassin :

Je ne sais plus que dire et ne suis que stupeur !

Garin de Beaucaire :

Une telle promesse a raison de tes peurs ?

Aucassin :

Préparez les lauriers ! Faites sonner les trompettes ;
Je m'en vais massacrer l'armée de ce Valence !
Je me coucherai ce soir près de ma Nicolette :
Ce maudit scélérat inaugurera ma lance !

Acte I, Scène II
(Le conteur, La Sorcière, Nicolette)

Le conteur :

Cependant que le fourbe Garin de Beaucaire,

Endoctrine son fils à l'abri des remparts,

Une jeune sarrasine au cœur privé d'espoir,

Se fie à une nourrice lui tenant lieu de mère.

Une vielle femme boiteuse et toute rabougrie,

Dont le passé obscur confine à la nuit.

On l'a vue au solstice mener des rites païens,

Ouvrir des panses de porcs et y plonger ses mains,

Elle connaît les mystères de la cyclique nature,

Les herbes et champignons qui poussent des

sépultures,

Elle sait tout des potions qui prolongent les maux,

Des philtres et des poudres qui soignent les pieds-

beaux.

Son œil torve, et sa crasse en font une manante,

Sans époux, sans enfant, elle mène vie répugnante.

Sorcière et diabolique gibier à bûchette,

Telle est la folle gouvernante de Nicolette !

La sorcière :

Qui appète en silence ne s'emplit point la panse !

Sur votre teint de cire je ne vois que carences !

Nicolette :

Mes joues de paraffine attendent ses babines,

Car moi je n'ai qu'un souhait être son Aucassine !

La sorcière :

De quelles joues parlez-vous, celles du siège ou du

chef ?

Comptez sur mon renfort pour cette galante greffe…

Nicolette :

Que dites-vous marraine, vos ambitions sont vaines !
Nous ne sommes du même bois, il lui faudrait une
reine…
Moi, de basse extraction, je vis sans ambition,
Et je pleure à loisir, et suffoque, et soupire…

La sorcière :

Cesse donc de t'alanguir, sans quoi il va t'en cuire !
Ce Garin de Beaucaire, à la vie si précaire,
Tout couvert d'urticaire, ce n'est qu'un reliquaire,
L'heure du dernier soupir, je peux la lui réduire !

Nicolette :

C'est d'un assassinat dont vous me parlez là !
Mon cœur est bien trop pur pour une telle bavure !

Le conteur :

S'il est quelque lettré suivant cette aventure,

De cette liberté il nous excusera,

Dans le conte authentique il n'est guère de sorcière,

Mais une bonne histoire comprend meurtre et

mystère !

La sorcière :

Mais la nuit n'a pas d'œil, ni d'oreille, ni de nez,

Le sang n'est plus vermeil quand la lune l'éclaire !

Que diraient vos scrupules d'une morsure de vipère ?

Votre bonne conscience peut s'y accoutumer…

Si le mourant ne braille tout le monde est aveugle

Aux souffrances endurées avant le point du jour !

Percez-le d'une épingle avant que ce sot beugle.

Lors, en guise de juges, ce seront des vautours

Qui vous réveilleront de leurs battements d'ailes.

Et dès le lendemain c'est auprès d'Aucassin

Que vous effacerez vos fautes de pucelle.

La vertu s'oublie vite contre d'habiles reins…

Nicolette :

Vous me feriez pécheresse, je ne suis que tendresse…

La sorcière :

Ne faites pas la princesse et songez à vos… tresses…
Car votre suzerain, docile comme un pèlerin,
Plein de délicatesses, se perdra en caresses…
Quand dans votre toison il glissera sa main,
Vous vous mordrez les doigts d'avoir été si sage,
Avant qu'il ne décoiffe ce capillaire laçage…

Nicolette :

Mais que dites-vous marraine, je ne porte pas de
tresses ?
Une telle coiffure aurait pour moi trop de noblesse…
Et vous m'avez apprise quand j'étais petite fille,
Qu'une crinière dénouée est signe de dignité…

La sorcière :

Ô chaste Nicolette comment vous déniaiser ?

Vous n'êtes qu'un poussin sorti de sa coquille !

Je ne puis vous aider, Vous n'êtes qu'une bécassine !

J'ai pourtant tant d'années, avec mes mœurs porcines,

Bien tenté d'effacer, vos pudeurs sarrasines !

L'aurais-je fait en vain ? Vous craignez la rapine,

Comment vous débaucher, ma petite Aucassine ?

Veuillez souffrir au moins que pour vous j'assassine !

Nicolette :

Il n'en est pas question, je le dis sans détours !

La sorcière :

Hé bien vous croupirez en haut de cette tour !

Au-dessus de la fange, vous côtoierez les anges,

Ce n'est plus ma patience que vous éprouverez !

Toute seule, isolée, perdue dans vos pensées,

Vous vous ferez l'idée de là où ça démange…

Acte II, Scène I
(Le conteur, Garin de Beaucaire, Nicolette)

Le Conteur :

Cependant qu'Aucassin, armé à profusion,

Fraîchement remonté de sa moite oubliette,

Allait porter la guerre contre les fripons,

Au sommet d'un donjon fut bouclée Nicolette.

Mobilisant ses gens de toute sa véhémence,

Il n'eut pour l'ennemi pas la moindre clémence :

Ecartelant les uns à l'aide de chevaux ;

Faisant sortir des autres, par les yeux le cerveau ;

Baignant ses prisonniers dans le l'huile en fusion,

Régalant de leur chair comme de croustillons,

La cohue des manants marchant dans son sillon.

Alignant leurs carcasses empalées par le fond,

Il rangeait ses victimes pareilles à des trophées,

Sur une mer de sang par son glaive dégorgé.

Quand il eut écrasé le dernier des flandrins,

Il s'aperçut heureux que naissait le matin

Et d'un pas primesautier gagna sa forteresse,

Au mépris des lauriers, courant vers sa promesse.

Il fut à son passage accueilli en héros !

Son auguste chemin fleurissait de drapeaux.

Délaissant le banquet, sans changer de chemise,

Il courut vers son père demander sa promise.

Garin de Beaucaire :

Tu apprendras jeune sot, qu'en matière politique,

Il n'est point de mensonge, seulement de la tactique.

Cette victoire, j'en suis sûr, a su te déniaiser,

C'est dès lors une reine qu'il te faut épouser !

Le Conteur :

Le roi, dans sa bassesse, se couvrit de parjure

Et avec la sorcière, jadis son ennemie,

Il avait comploté un triste compromis

Révélant à chacun son immonde nature !

Car afin d'échapper au bûcher qui la guette,

Elle avait préféré y livrer Nicolette !

La sorcière :

C'est que ma peau fragile craint déjà le soleil,

Celle de ma Nicolette est bien plus résistante !

Le Conteur :

La foule se rua tout en haut de la tour,

En ayant pris le soin de préparer le four !

Et tandis qu'Aucassin pleurait à chaudes larmes,

Un guetteur, attendri, avait donné l'alarme !

Nicolette de ses draps se fit un parachute,

Et sauta du donjon en une lente culbute !

La nuée d'assassin crue avoir la berlue,

Quand, forçant sa prison, ils ne l'y trouvèrent plus !

Pataugeant dans la fange des douves de Beaucaire,

Elle nagea jusqu'au bois, loin de ses adversaires.

Aucassin convaincu que sa douce était cuite,

S'en alla en forêt en quête d'un sapin,

Pour fixer une corde où pendre son destin,

Car de sa tendre aimée il ignorait la fuite !

Acte II, Scène II
(Aucassin, Nicolette)

Au début de cette scène, Aucassin et Nicolette ne se voient

pas, ayant l'un à l'autre le dos tourné.

Aucassin :

Au diable le pouvoir ! Au diable les honneurs !

Ma Nicolette est morte et je ne suis que pleurs !

Ses lèvres si dodues ne sont ores plus que cendres,

Plus jamais de mes yeux je ne toucherai ses membres !

Ô puissances obscures, Ô chants de la nature,

J'entends à mes oreilles votre appel mortel !

De votre litanie, creusez ma sépulture,

Que j'enfouisse ce corps que l'amour ensorcèle.

27

Nicolette :

Mon Aucassin est loin, tout couvert de lauriers,

Et demain au matin il m'aura oubliée

Sous les draps d'une infante frétillant sous la lune !

Je ne suis qu'une manante livrée à l'infortune …

Les rameaux de son front ne sont pas du même bois,

Que ce grossier liseron me tenant lieu de toit !

Echapper au bûcher pour me trouver si seule ?

Plutôt échafauder de ces feuilles mon linceul.

Aucassin :

Mon corps inanimé sera la proie des bêtes,

Tandis qu'en mon honneur mon père donne une fête !

Nicolette :

De gros et gras vautours, se disputerons les restes,

D'une peau que l'amour a jugé indigeste.

Aucassin :

Si mon père me trahit, Dieu me tourne le dos…

Nicolette :

Marraine s'est enfuie, me donnant aux bourreaux…

Aucassin :

Dans le silence des bois je veux crier son nom…

Nicolette :

Que pour une dernière fois j'entende son blason…

(Parlant au même moment, ils crient chacun le nom de l'autre… et se retournent dans la foulée.)

Aucassin :

Est-ce l'œuvre d'un mage ou de quelque sorcier ?
Nicolette :

Sont-ce là mes prières par mon Dieu exaucée ?

Aucassin (*la menaçant d'un bâton*) :

Un spectre diabolique !

Nicolette :

                    Il est venu vers moi…

Aucassin :

Une vision satanique !

Nicolette :

                    Refreine ton effroi !

Aucassin :

Quand je quittais Beaucaire vous partiez en fumée…

Nicolette :

C'est un bûcher désert et sans chair à ronger

Qui charbonnait là-bas sous vos yeux amoureux…

Par l'amour qu'il vous reste, rengainez cet épieu !

Aucassin :

Si vous n'êtes fantôme vous supportez l'étreinte ?

Nicolette (*elle tend la main*) **:**

Saisissez donc ma paume, je ne suis point défunte !

Aucassin (*il prend sa main*) **:**

Cinq ongles si mignons sont au plus un indice…

Et si cette pèlerine ne recouvrait que vide ?

Nicolette (*portant les mains d'Aucassin à son ventre*)**:**

Tâtez le de vos doigts, ce corps n'est point livide,

polissez ce giron de toutes vos appendices…

Ils s'étreignent et s'embrassent avant de disparaître dans les buissons… des vêtements volent, des rires, des cris : Aie ! Ouille ! Ça pique !…

Acte III, Scène I
(Le conteur, Roi de Turlure, Reine de Turlure)

Le conteur :

Se roulant dans les ronces, ils firent tous deux grand
bruit,

Se déchirant la peau à grands coups d'aiguillons,

Se griffant, et les joues et le ventre et le front,

Ils se firent des piqûres jusqu'au bout de la nuit !

Une couche d'épine n'est pas des plus douillettes,

Et c'est à ses dépens que l'apprit Nicolette.

S'enfonçant toujours plus, au cœur de la forêt,

Nos deux tendres héros, trouvèrent des marais.

Ils annonçaient la mer, où nos verts tourtereaux,

Célébrèrent leurs noces dans les cales d'un bateau.

Enlacés, amoureux, bien longtemps ils voguèrent,

Bravant les éléments, dormant dans les voilures,

Ils décidèrent un jour d'aborder à Turlure,
Un royaume reculé, inconnu de Beaucaire.
U…

La Reine de Turlure *(surgissant des coulisses et coupant
la parole au conteur, exaltée)***:**

Une île fabuleuse aux mœurs étonnantes,
Qui portait la dispute aux terres avoisinantes.
Comme en l'antique Lesbos, les femelles guerroyaient,
Leurs époux, aux logis, les attendaient inquiets,
Reprisant les culottes se leurs belles amazones.
C'était même une femme qui occupait le trône.

Le Roi de Turlure :

Êtes-vous là mamie ? Votre roi vous appelle…
(pas de réponses)
J'ai pour vous deux convives ma jolie tourterelle…

La Reine de Turlure :

Mille fois je t'ai dit de ne point m'interrompre,

Lorsque je me consacre aux travaux militaires !

Tes frivoles lectures n'ont cesse de corrompre

cette mémoire aussi courte que l'est ton uretère !

Le Roi de Turlure :

J...

La Reine de Turlure :

Qu'as-tu à balbutier, parle donc franchement

Ou je vais te rosser devant ces deux enfants !

(voyant Aucassin et Nicolette)

Quelle taille bien faite et quel joli minois !

(au roi)

Tu les avais cachés... vilain petit sournois !

Le Roi de Turlure :

M... J...

La Reine de Turlure :

Je ne veux plus t'entendre et file dans ta chambre !

Vas donc perdre ton temps à lire tes romans !

(à Aucassin et Nicolette)

Que me vaut le plaisir et à qui ai-je l'honneur ?

C'est ce que n'a pas su dire mon époux de malheur !

Acte III, Scène II
(Aucassin, la Reine de Turlure, Nicolette)

Aucassin :

J'ai pour nom Aucassin, et voici Nicolette.

Nous venons tous les deux par les monts et les mers,

D'un bien lointain royaume qui se nomme Beaucaire,

J…

La Reine de Trurlure :

(A Aucassin, menaçante)

A-t-on coupé la langue de cette mignonnette ?

Ignores-tu freluquet ce qu'on fait des despotes ?

Au royaume de Turlure on les met en compotes !

Les tyrans domestiques qui cherchent à bâillonner,

Ne font pas de vieux os en cette juste contrée !

Nicolette :

Je vous en prie madame excusez mon amant,

Car il ne voulait pas se montrer insolant.

S'il vous a répondu c'est seulement pour vous plaire,

Ce charmant jouvenceau est impropre à la guerre.

Il a fui un empire dont il était le prince,

Renonçant au pouvoir sur ses belles provinces,

Il a renié son père pour rejoindre mon lit,

Et s'est jusqu'à ce jour toujours montré poli !

La Reine de Trurlure :

Voudrais-tu me faire croire que ce jeune impétueux,

Ne pense pas en secret qu'à planter son épieu,

A te mettre au fourneau, te réduire en esclave,

A user de sa force pour placer ses entraves ?

Nicolette :

C'est ce que vous dis, il est doux et câlin,

Sans plus de brusqueries que n'en a un jeune chien !

Je vous le jure altesse pour les matières frivoles,

Mon diligent ami n'en passe point par le viol !

La Reine de Trurlure :

De quelle étrange façon est donc fait ce garçon ?

Les mâles de nos terres cherchent la domination…

Mais par quel sortilège l'avez-vous donc soumis ?

N'est-il pas même enclin à la polygamie ?

Nicolette :

Nous nous aimons d'amour et vivons tendrement,

Je n'ai pour sorcellerie que mes deux tétins blancs…

La Reine de Trurlure :

Apprenez demoiselle, que ces sorts éphémères,

N'auront plus de pouvoir lorsque vous serez mère !

La poitrine tombante et la peau détendue,

Ce jeune adolescent ne vous regardera plus !

Vos charmes délabrés, vers une jeune poulette,

Il s'en ira frayer loin de sa Nicolette !

Nicolette :

Mais pour l'heure, convenez-en, il ne peut vous

déplaire,

Il remplit à présent très bien son ministère.

La Reine de Trurlure :

Il a pourtant l'air gauche et chez lui je décèle

Qu'il ignore du métier les petites ficelles…

Nicolette :

Il est je le concède parfois très maladroit.

La Reine de Trurlure :

Confiez-moi ce jeune homme, il fera des exploits.

Je lui enseignerais comment traiter une femme,

Pour qu'en son coeur aimant reste vive la flamme.

Acte IV, Scène I
(Le conteur)

Le conteur :

Cette proposition était forte alléchante.

Des bonnes manières, Aucassin fut instruit

Par la reine de Trulure et sa jeune assistante,

Nicolette. Elle aussi en tirait quelques fruits.

Une nuit qu'Aucassin étudiait studieusement,

Auprès de la reine, en ses appartements,

Débarqua dans le port une flotte Sarrasine

Venue faire des esclaves pour une terre voisine.

Sur nos deux amoureux s'acharna derechef,

Le sort qui les plaça dans différentes nefs.

L'une prit vers le sud, portée par la tempête,

L'autre, filant au nord, vogua vers sa défaite.

Des vaisseaux de Beaucaire pillèrent les barbares,

Ramenant Aucassin à l'abri des remparts.

Si Aucassin pleurait ce n'est pas du trépas

D'un père n'ayant jamais fait son mea-culpa.

C'est pour sa tendre amie que lui coulaient les larmes.

Convaincu que la mort avait ravi ses charmes.

Mais, Nicolette, au sud, débarqua à Carthage :

Par miracle, la pauvrette subsista au carnage !

Vous n'avez pas idée public abasourdi,

De ce qui arriva à cette jeune engourdie !

A peine débarqués on passa en revue

Les quelques prisonniers qui avaient survécu.

C'est au roi de Carthage qu'incomba cette tâche ;

Mais, voyant Nicolette, se dressèrent ses moustaches !

Elle dut sortir du rang et bientôt c'est la reine,

Qui vint à sa rencontre, courant à perdre haleine !

La voyant de ses yeux l'altesse perdit conscience,

Car le cœur d'une mère derrière les apparences,

Avait su reconnaître la fillette dérobée

Par de méchants brigands quand elle était bébé.

On en fit une princesse on la para de soie,

Mais dans sa prison d'or elle regrettait les bois,

Où jadis Aucassin l'avait un soir cueillie.

Ses parents décidèrent de lui trouver mari,

Mais aucun prétendant ne put faire oublier,

A la belle Nicolette son noble chevalier

Et, voyant imminente l'heure de ses épousailles,

Elle choisit un matin de quitter le bercail.

Quelques journées passèrent et bientôt à Beaucaire,

Pour consoler le comte, apparut un trouvère…

Acte IV, Scène II
(Aucassin, Le Jongleur/Nicolette)

Nicolette s'est grimée et se fait ici passer pour un jongleur.

Aucassin :

Qu'on amène ce jongleur venu sécher mes pleurs,
Et qu'il tente à son tour de tromper ma torpeur !

Le jongleur :

Séchez de vos joues pales ces larmes noble comte !
Je m'en vais de ce pas vous égayer d'un conte !

Aucassin :

On m'a dit, ménestrel, que tu venais jongler,

C'est donc avec des balles qu'il te faut m'amuser !

Le jongleur :

Ne vous offusquez pas si je commets des fautes,
Car face à un puissant j'ai les bras qui sursautent…

Aucassin :

Jongle ! Je te l'ordonne ! Car pareil à mon père,
La tristesse a le don de m'écorcher les nerfs !
(*le prétendu jongleur tente de jongler… il n'y parvient pas !*)
Comment oses-tu donc te présenter ici ?
Est-ce un désir profond que je te supplicie !
La privation d'amour rend aigre mon présent,
Je ne saurais dès lors me montrer indulgent !

Le jongleur :

Par pitié mon seigneur, pardonnez mon offense,
Et que par un récit je gagne votre indulgence !

Aucassin :

Il n'en est pas question, car tu m'as insulté,

Tu seras donc châtié pour ta témérité !

Le jongleur :

Mais je vous en conjure, écoutez seulement

Le terrible récit de ces tendres amants,

La jeune Nicolette et le bel Aucassin,

Laissez-moi vous conter leur périlleux destin !

Aucassin :

Voilà qui est plaisant l'un d'eux porte mon nom !

Fais-tu de mes amours la commémoration ?

Mais sais-tu troubadour ce que d'elle il advint,

Après qu'elle fut enlevée par d'odieux sarrasins ?

Le jongleur :

Je sais tout ça messire. Elle me l'a raconté !

Aucassin :

Mais cette Nicolette où l'as-tu rencontrée !

Le jongleur (*hésitant*)**:**

Elle demeure en vos murs à l'abri de vos pierres !
Si vous voulez la voir faites venir la sorcière !

Aucassin :

Dans une heure elle est là ! Va chercher Nicolette !

Le jongleur :

Je m'en vais la tirer du fond de sa cachette !

Acte IV, Scène III

(Le conteur, Aucassin, la Sorcière, Nicolette)

Le conteur :

Aucassin ne vit pas derrière le maquillage,

Celle qu'il aurait voulu pour femme à son mariage !

Mais la belle Nicolette derrière ses oripeaux,

Sut qu'elle avait toujours Aucassin dans le peau.

On alla arracher à ses étranges rites,

La traîtresse marraine, la magicienne maudite !

Aucassin :

Sais-tu pourquoi vermine je te fais venir là ?

La sorcière :

Je n'en ai point idée, mon cœur est plein d'effroi.

Je suis une vieille femmes aux jambes arthritiques,

Et si dans ma jeunesse j'ai manié l'arsenic,

Je ne suis aujourd'hui qu'un être vulnérable.

Mais c'est l'heure de ma sieste ! Cette visite fut

aimable…

Aucassin :

Veux-tu rester ici ! j'ai pour toi une visite !

La sorcière :

Serait-ce une jeune femme souffrant d'une cystite ?

Car je peux la soigner c'est dans mes compétences,

J'ai beaucoup de tendresse pour qui sort de

l'enfance…

Nicolette (*Arrivant droit sur la sorcière…***) :**

Les femmes de ton âge craignent la canicule,

Je pense par conséquent qu'elles n'aiment point qu'on

les Brûle…

Aucassin :

Mon aimée ! Je suis votre éternel abonné !

Nicolette :

J'ai traversé les mers, afin de vous trouver !

Aucassin :

Un bateau de Beaucaire ma très tôt délivré !
Auprès de ces pirates, qu'avez-vous enduré ?

Nicolette :

Je ne puis tout vous dire car il y a des enfants…
J'avais à mes côtés la Reine de Turlure,
Qui tira bénéfice de cette triste aventure…
Et beaucoup de marins ont été… conciliants.

Aucassin :

Moi qui tout seul pestais contre l'humaine nature,

Alors que près de vous veillaient des cœurs si purs !

La sorcière :

Si je dois Nicolette, périr sur les fagots,

Dis moi d'abord ce que tu trouves à ce nigaud !

La vie t'a dégourdie, mais ce pauvre Aucassin,

N'est guère plus aguerri qu'un tout jeune poussin !

Aucassin :

M…

Nicolette :

Vous vous êtes perdue en rapports conflictuels,

Alors qu'un homme désire la douceur maternelle !

Vous attendez d'une femme qu'elle soit cruelle

amante,

C'est ce qui a mené votre vie affligeante,

Tout droit vers le bûcher qui fume dans la cour.

Les voyages m'ont appris qu'avec un peu d'amour,

On parvient plus sûrement à protéger sa vie,

Qu'en usant des complots et de votre magie.

La sorcière :

Vous finirez vos jours au bras de ce benêt,

Moi qui rêvais pour vous d'un puissant mâle, d'un

vrai !

Aucassin :

H…

Nicolette :

Mais pourquoi rechercher en la virile engeance,

Et les coups, et les cris, et toute cette violence ?

A vouloir des poilus, des babouins, de grands singes,

On finit enchaînée à repasser leur linge !

Pourquoi attendre d'un homme qu'il fasse le tyran,

Qu'il devienne agressif, froid et intolérant ?

C'est aux petits garçons qu'il faudrait enseigner,

Que sont fort méprisables ces mâles qualités !

La sorcière :

…

Nicolette :

Je m'en vais de ce pas vous montrer vielle marraine,

Comment le seul amour fait de nous une reine !

(*A Aucassin, excessivement douce.*)

Mon biquet, mon chéri, mon amour adoré,

Que pour ma gouvernante l'on dresse un bûcher !

Epilogue
(Le Conteur)

Le conteur :

On fit une grande fête où dansa tout Beaucaire,

Pour célébrer les noces de nos deux amoureux.

En guise de méchoui on brûla la sorcière.

Le peuple fut ravi de ce souverain heureux.

Nicolette ne donna à son noble mari

Pas le moindre garçon mais seulement des filles.

Comme vous l'avez compris, mesdames et messieurs,

C'est Nicolette dans l'ombre qui commandait les

lieux…

Elle avait retenu les leçons de Turlure

En exerçant elle-même sa propre dictature !

Ce qui est remarquable en cette étrange affaire,

C'est que pareil au vieux comte de Beaucaire,

L'innocente aux mains blanches fit dresser un bûcher !

Tirons-en aujourd'hui une moralité,

Et affirmons ici qu'en matière politique,

Les deux sexes connus sont également cyniques.

Fin

Mise en page :

Les Editions Kleinzach

Dépôt légal juillet 2022

ISBN : 9798839049130